VENTE

Du Samedi 29 Mai 1909

HOTEL DROUOT, SALLE N° 10

A DEUX HEURES

❈

FAIENCES, PORCELAINES

DIVERSES

OBJETS DE VITRINE

Appartenant à Madame A...

COMMISSAIRE-PRISEUR

Mᵉ F. LAIR-DUBREUIL

EXPERTS

MM. PAULME & B. LASQUIN Fils

CATALOGUE

DES

Faïences et Porcelaines

DE

Delft, Rouen, Strasbourg, Saxe, Frankenthal,
Louisbourg, Nymphenbourg,
Hœchst, Venise, Sèvres, Mennecy, etc., etc.

OBJETS DE VITRINE

DENTELLES, ÉVENTAILS, ETC.

Appartenant à Madame A...

ET DONT LA VENTE AUX ENCHÈRES PUBLIQUES AURA LIEU

HOTEL DROUOT, SALLE Nº 10

LE SAMEDI 29 MAI 1909

à deux heures

<table>
<tr><td>COMMISSAIRE-PRISEUR</td><td>EXPERTS</td></tr>
<tr><td>Mᵉ F. LAIR-DUBREUIL
6, rue Favart</td><td>MM. PAULME & B. LASQUIN fils
10, rue Chauchat | 12, rue Laffitte</td></tr>
</table>

PARIS

Chez lesquels se distribue le présent Catalogue

EXPOSITION PUBLIQUE

Le Vendredi 28 Mai 1909, Salle nº 10, de 2 h. à 6 heures

CONDITIONS DE LA VENTE

La vente sera faite au comptant.

Les adjudicataires paieront *dix pour cent* en sus des enchères.

L'exposition mettant le public à même de se rendre compte de l'état et de la nature des objets, aucune réclamation ne sera admise une fois l'adjudication prononcée.

Paris. — Imp. de l'Art, Ch. Berger, 41, rue de la Victoire.

DÉSIGNATION

FAIENCES, PORCELAINES

1 — Plat creux en ancienne faïence hispano-mauresque, à reflets métalliques.

2 — Bouteille en ancienne faïence de Delft, décor bleu.

3 — Potiche couverte en ancienne faïence de Delft, décor bleu.

4 — Cache-pot cylindrique en ancienne faïence de Moustiers, décor BÉRAIN en bleu.

5 — Soupière couverte, à piédouche et deux anses, en ancienne faïence de Lille ou Rouen, décor bleu.

6 — Porte-huilier en ancienne faïence de Strasbourg, avec anse faite de deux dauphins, décor à fleurs.

7 — Trois jardinières et leur dessous en porcelaine d'Amsterdam, décor oiseaux et branchages en couleurs.

8 — Plat rond en ancienne faïence italienne,
décor polychrome ; lion au centre.

9 — Paire de cache-pot et leur dessous en ancien biscuit blanc sur fond bleu, de ADAMS,
décor bas-relief antique.

10 — Beurrier couvert et son plateau en ancien
biscuit de Wedgwood, décor à rinceaux et
feuilles en blanc sur fond bleu.

11 — Jardinière, de forme ovale, en ancien
biscuit de Wedgwood, à relief blanc sur
fond bleu.

12 — Flacon en ancienne porcelaine de Chelsea :
le Renard et le Corbeau.

13 — Petit flacon double en ancienne porcelaine
de Chelsea : volatiles, décoré au naturel.

14 — Petit flacon en ancienne porcelaine de
Chelsea : marquis debout.

15 — Théière couverte en ancienne porcelaine
de Venise, décor à relief gaufré et personnages chinois en couleurs, genre Saxe.

16 — Statuette en ancienne porcelaine de Venise : petit vendangeur.

17 — Paire de petits vases en ancienne porce-
celaine de Paris, anses à tête de béliers,
décor à rinceaux, en camaïeu et dorure.

18 — Pipe en ancien biscuit; monture en métal
doré.

19 — Buste de la Du Barry en biscuit, d'après
Pajou.

20 — Tasse droite à anse et sa soucoupe en
ancienne porcelaine tendre de Sèvres, décor
paysage et rinceaux.

21 — Groupe de deux enfants et un ours, ancien biscuit tendre de Sèvres.

22 — Étui-flacon en ancienne porcelaine tendre
de Mennecy : enfant nu portant une corbeille;
monture en cuivre doré.

23 — Deux raviers à anses en porcelaine de
Chine, décor bleu.

24 — Cinq assiettes en porcelaine de Chine, décor en couleur et dorure.

25 — Tasse et sa soucoupe en ancienne porcelaine de Chine de la Compagnie des Indes, décor Pompadour.

26 — Paire de grands cornets en ancienne porlaine de Chine, décor à personnages et fleurs, en émaux de couleur.

27 — Paire de vases en porcelaine de Chine, décor bleu : paysages et personnages.

28 — Paire de petits vases en porcelaine de Chine, décor à personnages et feuillages.

29 — Statuette de fillette, tenant une corbeille de fruits, en porcelaine allemande.

30 — Étui-sifflet, forme d'enfant emmailloté, en ancienne porcelaine allemande.

31 — Plat rond en ancienne porcelaine de Berlin, décor de fleurs et papillons.

32 — Grande statuette d'homme joueur de cornemuse en porcelaine de Berlin.

33 — Corbeille ronde ajourée en porcelaine de Vienne, à fleurettes.

34 — Déjeuner solitaire en porcelaine de Vienne, comprenant : plateau, tasse et soucoupe, sucrier, cafetière ou théière et crémier, décor à sujets de personnages.

35 — Rafraîchissoir à deux anses rocailles en ancienne porcelaine de Vienne, décor à fleurs.

36 — Corbeille ronde, ajourée, avec son plateau, en ancienne porcelaine de Vienne.

37 — Corbeille ovale, ajourée, à deux anses, en ancienne porcelaine de Vienne.

38 — Statuette enfant et chien en ancienne porcelaine de Frankenthal. Signée de *Hanong*.

39 — Statuette de femme au clavecin en porcelaine de Frankenthal.

40 — Statuette de femme en colère en porcelaine de Frankenthal.

41 — Plateau losange en ancienne porcelaine de Frankenthal, décor sujet pastoral.

42 — Petite statuette : enfant pêcheur en ancienne porcelaine de Frankenthal.

43 — Statuette de danseuse en porcelaine de Frankenthal.

44 — Paire de groupes à trois personnages en porcelaine de Frankenthal, faisant pendants : les Clochettes et la Guitare.

45 — Salière à deux compartiments, avec statuette de fillette tenant un oiseau, en ancienne porcelaine de Frankenthal.

46 — Corbeille ovale, ajourée, à deux anses, décor fleurettes en relief, en ancienne porcelaine de Furstenberg.

47 — Paire de cache-pot en porcelaine de Furstenberg, décorée d'oiseaux sur des branchages.

48 — Trois corbeilles ajourées en porcelaine de Hœchst, décor à fleurs en couleur.

49 — Deux statuettes : personnages orientaux, homme et femme, en ancienne porcelaine de Hœchst.

5o — Petit flacon en ancienne porcelaine de Hœchst : enfant jouant avec un bouc.

51 — Cache-pot en ancienne porcelaine de Hœchst, à deux anses ajourées, décor à médaillons de personnages et fleurs en couleurs.

52 — Statuette de femme, jouant de la mandoline, en porcelaine de Louisbourg.

53 — Groupe : berger et bergère, chien et agneau en porcelaine de Louisbourg.

54 — Statuette en ancienne porcelaine de Louisbourg : enfant vendangeur.

55 — Statuette de jeune fille, portant un tonnelet, en ancienne porcelaine de Louisbourg.

56 — Groupe en ancienne porcelaine blanche de Hœchst, figurant la Justice avec sa balance.

57 — Déjeuner solitaire en ancienne porcelaine de Nymphenbourg, comprenant : un plateau, un sucrier, une théière, un pot à crème, une tasse et soucoupe, décor à pampres de vigne.

58 — Statuette du roi Max de Bavière à la chasse en ancienne porcelaine blanche de Nymphenbourg.

59 — Étui, forme jambe, en ancienne porcelaine de Saxe ; monture en argent doré.

60 — Groupe de trois personnages : le Mariage polonais, en ancienne porcelaine de Saxe.

61 — Pot cylindrique couvert en ancienne porcelaine de Saxe, décor à fleurs.

62 — Statuette de chasseur en ancienne porcelaine de Saxe. Terrasse en bronze à rocailles.

63 — Statuette de *Jean Frœlich*, bouffon du roi Auguste de Saxe, en ancienne porcelaine de Saxe. Modèle de *Kœndler*.

64 — Petit vase Médicis, avec cactus, en ancienne porcelaine de Saxe.

65 — Statuette en ancienne porcelaine de Saxe : chanteur.

66 — Statuette en porcelaine de Saxe : fermière donnant la graine aux poulets.

67 — Statuette de singe, jouant du violoncelle,
en ancienne porcelaine de Saxe.

68 — Groupe galant de deux personnages en
porcelaine de Saxe.

69 — Statuette de comédien en porcelaine de
Saxe.

70 — Deux tasses et trois soucoupes en porcelaine de Saxe, fond bleu-turquoise, à médaillons de fleurs.

71 — Trois tasses à anse et bec, et leur soucoupe, en porcelaine de Saxe, fond bleu-
turquoise, à médaillons de fleurs.

72 — Deux tasses et leur soucoupe en ancienne
porcelaine de Saxe, fond violet et médaillons
à paysages maritimes avec personnages.

73 — Tasse et soucoupe en ancienne porcelaine
de Saxe, médaillons, sujets de chasse.

74 — Plateau ovale, à bord contourné, en ancienne porcelaine de Saxe, décor en relief et
en couleur.

75 — Plateau ovale, à deux anses, en ancienne porcelaine de Saxe, décor en relief, avec fleurs en couleur.

76 — Cache-pot en porcelaine de Saxe-Marcolini, décor à fleurs.

77 — Grand cache-pot en porcelaine de Saxe, décor en couleur.

78 — Jardinière, forme lobée, en porcelaine allemande, décor en couleur.

79 — Deux corbeilles ovales, ajourées, à anses, en porcelaine de Saxe, à fleurs.

80 — Deux bols couverts en porcelaine de Saxe, fond vert, à médaillons de fleurs.

81 — Deux corbeilles rondes, ajourées, en porcelaine de Saxe-Marcolini, décor en relief et fleurs.

82 — Assiette en porcelaine de Saxe, décor à personnages.

83 — Deux petits plats en porcelaine de Saxe-Marcolini : personnages, et bordures à imbrications.

84 — Cache-pot à deux anses et trois pieds en porcelaine de Saxe-Marcolini, décor à fleurs.

85 — Confiturier, avec couvercle et plateau, en porcelaine blanche de Saxe, fleurettes en relief.

86 — Vase à rocailles, avec bouquets de fleurs, en porcelaine de Saxe, décorée en couleur.

87 — Deux coupes polygonales, de forme lobée, en porcelaine de Saxe au point, décor à fleurs et un autre rond à godrons.

88 — Grande corbeille, ajourée, à deux anses, en ancienne porcelaine de Saxe.

OBJETS DE VITRINE

89 — Éventail, monture en nacre posé or et argent, et feuille peinte à la gouache, sujet pastoral. Époque Louis XV.

90 — Éventail à monture peinte au vernis Martin, feuille offrant un sujet allégorique. Époque Régence.

91 — Petit éventail à monture de nacre gravé et ajouré, feuille peinte à la gouache, sujet pastoral. Époque Louis XV.

92 — Deux boîtes, une ovale, l'autre rectangulaire, en porcelaine décorée de fleurs et personnages ; montures en métal doré.

93 — Paire de chevaux en bronze doré, sur socle en marbre. xviie siècle.

94 — Deux petites coupes ancien point de Venise. Environ 90 cent.

95 — Volant en ancien point de Venise à reliefs. Environ 4 mètres.

96 — Col en ancien point de Venise, à la rose. Environ 1 m. 50 cent.

97 — Étui à deux bouchons, décoré au vernis. Sujets amusements enfantins. xviiie siècle.

98 — Médaillon ovale en or émaillé, à double face, offrant un saint agenouillé, et un portique avec Saint Sacrement. xviie siècle.

99 — Étui-lorgnette en ancien émail fond bleu, médaillons de personnages. Il est muni de quelques accessoires. xviiie siècle.

100 — Coupe à piédouche en verre taillé et peint, avec inscription.

101 — Petite boîte en or, forme commode.

102 — Bijou pendentif en or émaillé, orné de perles. xviie siècle.

103 — Miniature ovale sur cuivre : Portrait d'homme en cuirasse. xviie siècle.

104 — Miniature ovale sur cuivre : Portrait d'homme à collerette. Cadre en argent repoussé. xviie siècle.

105 — Objets non catalogués.